APPRENTIS LECTEURS

LES 7 CHIENS DE LA SEMAINE

Lynea Bowdish
Illustrations de Karen Stormer Brooks
Texte français de Claudine Azoulay

Éditions
■SCHOLASTIC

À Chipper, affectueusement, de la part de Lynea, David et Princess

À Connor et Holly
— K.S.B.

Catalogage avant publication de la
Bibliothèque nationale du Canada

Bowdish, Lynea
Les 7 chiens de la semaine / Lynea Bowdish;
illustrations de Karen Stormer Brooks;
texte français de Claudine Azoulay.

(Apprentis lecteurs)
Traduction de : A Dog for Each Day.
Pour enfants de 3 à 6 ans.
ISBN 0-439-96262-5

I. Brooks, Karen Stormer II. Azoulay, Claudine
III. Titre. IV. Titre: Sept chiens de la semaine. V. Collection.

PZ23.B6936Sep 2004   j813'.54   C2004-902759-X

Édition publiée par les Éditions Scholastic, 175 Hillmount Road, Markham (Ontario) L6C 1Z7.

5 4 3 2 1   Imprimé au Canada   04 05 06 07

Éva Fontaine a 7 chiens.

— C'est trop, 7 chiens,
se plaignent ses voisins.

— Je vais pourtant les garder,
répond Éva Fontaine.

Ils sont là pour l'aider,
les 7 chiens de la semaine.

Le chien du lundi
aboie après le chat.

14

Le chien du mardi apporte le chapeau d'Éva.

Le chien du mercredi aime attendre le facteur.

Le chien du jeudi
lui sert de ventilateur.

Le chien du vendredi
lui réchauffe les pieds.

Le chien du samedi
chante pour l'accompagner.

Le chien du dimanche la réveille à 9 heures.

Et les 7 la conduisent
à l'église, juste à l'heure.

Et si ses chiens s'ennuient,
Éva ne se fait pas de souci.

Elle trouvera bien un petit coin
pour loger 7 autres copains.

LISTE DE MOTS

a
à
aboie
accompagner
aider
aime
apporte
après
attendre
autres
bien
c'est
chante
chapeau
chat
chien
chiens
coin

conduisent
copains
de
dimanche
du
église
elle
ennuient
et
facteur
fait
garder
heure
heures
ils
je
jeudi
juste

la
là
le
les
loger
lui
lundi
mardi
mercredi
ne
neuf
pas
petit
pieds
plaignent
pour
pourtant
réchauffe

répond
réveille
samedi
se
semaine
sert
ses
si
sont
souci
trop
trouvera
un
vais
vendredi
ventilateur
voisins

5:00